KB260847

백림 제2시집
석양의 향기

국립중앙도서관 출판시도서목록(CIP)

석양의 향기 : 백림 제2시집 / 지은이: 백동림, -- 서울 : 한누리미디
어, 2013
　　p. ;　　cm

백림의 본명은 "백동림" 임
ISBN 978-89-7969-457-4 03810 : ₩10000

한국 현대시 [韓國 現代詩]

811.7-KDC5
895.715-DDC21　　　　　　　　　　　　　CIP2013016347

백림 제2시집

석양의 향기

한누리미디어

시인의 말

2010년에 '백림의 자전적 시집 1집' 을 출간하고
이번에 제2집을 내니 매우 기쁘다.
1집 자전적 시집에서는 뜻 외로 수많은 분의 격려와
감동어린 과분한 칭송에 재삼 감사했다.
시(詩)에 관심을 가지고 몰입한 지 수년이 되어
시(詩) 작법(作法)과 그 실례를 보아가며 연마했지만
워낙 둔재하여 부끄럽지만 또 한 번의 용기를 냈다.
생활에서 편편이 떠오르는 삶의 작은 단상(斷想)을 모아서
역시 그냥 버리기는 아쉬워 한 권으로 모으게 되었다.

말만 듣던 '실버타운' (19, 22쪽)에서
잠실 정든 집을 버리고(20쪽)
노인들만 사는(22쪽) 이곳에 와(22, 34쪽)
인생의 남은 가을을 맞은 노인의 안타깝고(28, 30쪽)
슬프고(30쪽) 또는 소망(41, 50, 102쪽)과 바람(28, 64쪽)
그 애환을 느낀 대로 그렸다
젊음을 되돌려 달라고 외쳐도
누구도 어느 곳에서도 그 부르짖음에
동정적인 메아리가 없음에(52, 56쪽) 익숙한
독특한 노인들의 향기(31, 53쪽)가 있음을 느끼기도 했다.

시(詩)에 다소 코믹하고 철학적이며
서정적이고 낭만적인 면을 가미하고 싶었지만 여의치 않았다.
5부에서는 정직, 명예, 도덕을 강조하였다.

얼마 전 어느 방송에서 '아시아 7개 선진국 중
가장 부패한 나라가 대한민국이고
그곳에서 가장 부패한 곳이 정치집단이고,
그 다음은 종교집단이다' 라는 것을 보고
개탄하지 않을 수 없었다.

시를 쓰면서 송파문화원의 시창작반(詩創作班)
강사님의 지도에 감사드리고
또한 격려해 준 아내에게도 고맙게 생각한다.
이 시를 일독해 주실 분들에게
고마움을 전하지 않을 수 없다.

2013년 8월 하남의 실버타운에서

차례

1 실버타운

2 가을 향기

차례

3 새 아침에

4 가는 한 해

차례

5 정직 명예 도덕

사진작가 김두순 제공

하남시청
Hanam city hall
정문

1부
실버타운

BLOOMING THE CLASSIC
블루밍 더클래식

나도 와 있다

실버타운
노인들만 사는 마을

이곳 저곳
무표정에 서성거리는 노인들
저 할멈은 흰 머리에 눌려 허리 못 펴고 있을까
저 할아범은 돌이킬 수 없는 걱정 보따리에
웃음마저 잃어버렸을까

지나가 버린 봄, 여름, 가을 그리고 겨울들을 모두 잃고
다가오는 종착역을 그려 보면서
창가에 앉아
주는 밥 세끼로 세월을 씹으며
가을의 향기만을 물씬 풍기는 곳

이름하여 블루밍 더 클래식
경기도 하남의 시니어 타운
골든 에이지들만 사는 곳이라고 우기고 싶은
노인들의 마을에
나도 와 있다

(2010. 11. 10)

새 둥지

백림 제2시집

나는 집이 둘 있다
오래 살던 집 팔아 버렸고
이 곳에 집 샀으니 집 또 하나 있다
지금도 먼저 집에서 살고 있고
새 집은 잠깐 머물고 있는 것 같다

근 30년간 살던 먼저 집은
나의 인생의 3분지 1을 보낸 곳이기도 하다
그 곳은 모친과 부친을 사별한 슬픈 기억이 있는 곳이기도 하고
자식 셋을 결혼시키고
친손자 다섯, 외손자 둘을 맞이한 곳이기도 하다
또 열한 번이나 병원에 입원한 우울한 기억이 있는 곳이고
속아리 1, 2, 3, 4 읊으며 지낸 곳이기도 하다

먼저 집은 나의 고향이다
자주 가던 식당이며 구멍가게며
오며 가며 인사 나누던 정든 사람이 있고
잠깐 쉴 수 있는 손바닥만한 '장미공원' 도 있고
그 곳에서 세상살이 이야기를 물끄러미 보기도 하고
밤엔 벤치에서 희미한 가로등과 더불어
별을 '하나, 둘' 세어 본 곳이다

그 곳은 쉼 없이 달리는 지하철의
요란스러운 소음이 다정하게 들리고
창문밖의 시끄러운 자동차 경적도 아름다웠다

아침엔 매일 세탁물을 거둬가며 미소 짓던 작은 아주머니와
매주 와서 집 청소해 주던 고생 빛을 감추던 착한 아주머니
집안 잡일을 자기 집일같이 도와주던 경비아저씨
모두가 깊이 각인되어 지울 수 없는 정든 곳이다

그 곳은 지금도 다름없이 내가 살고 있는 곳이다
서울 송파구 신천동 장미아파트
지금 '잠깐' 하고 새 둥지 튼 곳은
경기도 하남시 신장동 블루밍 더 클래식 노인아파트

새 집에선 황금알은 못 낳겠지만 마침표를 찍어야 할 곳이다

(2010. 11. 25)

할아버지가 많아

할아버지!
손녀딸이 눈을 크게 뜨고 묻고 있습니다
여기는 할아버지가 이렇게 많아?

자동차 폐차장에 가 봐라
타이어 터진 차
라지에타 부서진 차
몸통이 찌그러진 차
그런 차가 많이 있지

지금은 기력도 없고
할 일도 없어
저렇게 이리 저리 왔다 갔다 하지만
젊었을 땐 힘도 세고 으스대고 잘났었단다
아름다운 꽃도 자기 몫을 다하고는 시들지

들녘의 가을꽃도 할아버지들을 대하면
공손히 머리 숙여 인사를 한단다

이곳은
시니어 타운이란 사치스러운 이름으로 부르는
할아버지들의 마을이란다

사진작가 김두순 제공

내가 싫다

어머니가 늙으셨을 때
내가 대신 늙고 싶었는데
어느덧 내가 늙었다

세상의 모든 것 다 늙는다는 것 잘 알고 있지만
늙음은 어쩔 수 없다는 것도 잘 알지만

늙음 그 모두가 싫다
엉금 엉금거리고 더듬 더듬거리니 싫다
무표정에 돋보기 너머로 쳐다보는 게 싫다

늙음은 미워해서도 안 되고
탓할 수도 없다
오히려 위로 받고 존경 받아야 하나
그 누구도 대신할 수 없으니
불쌍하고 비참하다
더욱 슬픈 일이다

늙음에 쌓인 내가 싫다
점점 더 쌓일 터이니 더욱 싫어진다

노인의 눈물

노인의 눈물은 눈물 없는 마른 눈물
노인의 눈물은 소리 없이 흐르는 눈물
노인의 눈물은 눈 속에서만 흘리는 눈물
노인의 눈물은 혼자서만 흘리는 눈물
노인의 눈물은 자식 대신 흘리는 눈물
노인의 눈물은 세월이 주는 눈물
노인의 눈물은 아픔의 눈물
노인의 눈물은 병 주고 약 주는 눈물

사진작가 김두순 제공

노파심(老婆心)

많구나
너무 많구나
걱정할 것이

수많은 유성 중의 한 놈이 지구를 치면 어쩌나
화산이 폭발해 천지가 불바다가 되면 어쩌나
바다가 넘쳐 '노아의 방주' 되면 어쩌나
전쟁으로 삶이 폐허가 되면 어쩌나

뇌졸중이 심해 식물인간 되면 어쩌나
치매가 심해 실성하면 어쩌나
심장이 경색되어 멎으면 어쩌나
늙어 늙어 거동치 못하면 어쩌나

세상 끝날까지 고통이 없어야 될 터인데
자식들 잘 살아야 될 터인데
손자들 큰 인물이 되어야 될 터인데

수면제가 안 떨어져 잠 잘 자면 좋겠는데
오! 하나님!
돌보아 주소서

외출

― 왕 실버의 노래

지팡이에 의지한 노인이
어슬렁 길을 건너고 있네요
중얼거리면서

'내가 아픈 데 없다면
갈 곳이 없을 뻔했구나
치료 받으러 병원에라도
가니 얼마나 좋으냐

내가 돈이 많으면
갈 곳이 없을 뻔했구나
돈 찾으러 은행에라도
가니 얼마나 좋으냐

교회에 안 다녔다면
더 갈 곳이 없을 뻔했구나
일요일에 예배하러
가니 얼마나 좋으냐

시(詩)를 안 썼다면
더 갈 곳이 없을 뻔했구나

시인(詩人)들과 시론(詩論)하러
가니 얼마나 좋으냐

지나가는 버스며 택시가
이 곳 저 곳에
데려다 주니 얼마나 좋으냐

할 일은 없어도
이 것 저 것 생각할 것도 많고
갈 곳도 많으니 얼마나 좋으냐

한가위맞이 세 노인

홀로 사는 노인 사슴 모가지가 되어
"혹시나, 혹시나" 기다리는데
"왔구나 너희들"
반가워서 어쩔 줄 몰라
옆 노인에 침 튕기며
우리 큰 아들, 둘째 아들 자랑하네

옆의 마른 노인
"안 오나, 안 오나" 기다리다가
"안 오는구나"
"다음에 오겠지"
"날 버리지는 않았겠지"
풀 죽어 머리 숙여
빈방에 홀로 가네

그 옆에 노인
"우리 아들 왔다" 반겨 소리치는데
그 아들 앉자마자
생활비 없어 빈손으로 왔단다
"도와달라"고
"어쩌지, 어쩌지" 근근한 노인
신음하며 드러누웠네

노인 향(香)

틀니 사이로 새는
자기만의 흥미 진진한
오랜 세월의
기나긴 이야기를
입에 거품 물고 끝도 없이 흘러대는데
앞에 앉은 젊은이
또 시작했다고
허리 비틀며 딴전 피워도
아랑곳없이
끊겼다 또 이어지네요

할아버지 앞에서
핑계 찾아 도망하려는데
"어디 가" 소리가
할아버지 입 냄새 옷 냄새
유난히 풍깁니다

미안합니다
할아버지!

식당

지하철 1호선으로 무료로 천안까지 가고
노인 급식소에서 무료로 점심 먹고
허연 노인끼리 어설픈 너스레 떨다가
지하철로 무료로 집에 돌아와
이 쑤시며 큰일이나 한 듯 헛기침한다던데

이곳엔
누구도 식사시간 알리지 않는데
사방에서 어슬렁 어슬렁 지팡이 짚은 노인들이 나타나
줄 서서 뷔페(buffet) 접시에 음식 담고
의자 찾아 의젓이 앉아

치아(齒牙) 좋은 영감
한입 그득 용감하게 넣는데
'틀니' 영감 우물쭈물 좌우 살피며
맛 있는지 없는지
왜 먹는지
알 필요 없이
빈 그릇 슬그머니 반납하고 지팡이
짚고 일어나네요

유일한 소일거리며
유일한 낙이
유료 급식소 가는 일

(2013. 07. 30)

사진작가 김성일 제공

유령(幽靈)의 도시(都市)

폐광촌도 아니고
전쟁으로 잔해(殘骸)가 된 곳도 아닌
숨은 쉬는 이들이 서성거리는 마을

웃음도 없고
울음도 없고
말도 없고

허리 못 펴
지팡이 짚고
시도 때도 없이
모자 쓰고 외투 입고
중국의 묘지(墓地) 지키는 강시(僵屍) 같은

초점 잃은 눈으로
두리번 두리번거리며
침묵만이 가득한 유령의 마을

이름하여 노인촌
누가 위로해 주며 위로 받을 건지

속아리 · 2

햇빛 연못가에서
오늘도
늘 자랑하던 새끼 세 마리 가슴에 품고

새벽 기도
철야 기도
울어대더니

지쳐 지쳐 또 지쳐
흐느적 흐느적 할미 개구리
파죽 되어
속 아려 속 쓰려 꽥 꽥

덩달아 덩달아 할범 개구리
같이 보낸 50 성상
단물도 제대로 못 대주었으니
아~ 꽥 꽥

(2010. 12)

에델바이스(사진작가 김성일 제공)

2_부 가을 향기

당신은 누구요

거울 속 한 노인이 날 보고 있네
많이 눈 익은 얼굴이네

당신 누구요
얼굴엔 웬 굵은 낙서가 그리 많소
머리는 어쩌다가 그리 탈색되었소
눈동자는 초점을 잃고 어딜 헤매고 있소
모두 모두가 발기부전이구만

뭐! 당신이 나 닮았다고
천만의 말씀
난 아직 젊고 건장하오

나 보시오
내 눈은 초롱초롱 매사 꿰뚫어 보았었다오
기개가 하늘 높게 찔렀었다오
어렵고 커다란 큰 나라 보따리도 거뜬히 짊어졌었다오
수많은 어여쁜 여인네들 그 시선이 유혹적이었었다오
나는 항상 선망의 대상이었었다오
그게 바로 나였다오

그런데 당신이 나 같다고
아니 나라고
나는 당신이 아닙니다

다시 한 번 크게 외치는데
당신은 결코 내가 아닙니다

새싹의 소망

고목에 새싹이 솟아 있네요

봄이 와서가 아니랍니다
봄바람 때문도 아니랍니다
봄비 때문도 더더욱 아니랍니다
살아있다는 소리 때문이랍니다

무더운 여름이 오면
무척 연약한 잎이
짙푸르게 강해져
보고 즐거움을
실컷 안아 보려 합니다

쌀쌀한 가을이 오면
다음 해 새싹을 돋게 하기 위해
보약 먹고 운동하며
슬프지만 잎을 자른답니다

다음 해 솟을 새싹의 소망은
밑 뿌리를 쉬지 않고 갉아먹고 있는
이름 모를 잔 벌레가 있음을 모르고 있답니다
노인들 같네요

5월의 노래

춥지도 덥지도 않은
계절의 여왕
세상을 처음 고고(呱呱)한 나를
개나리 철쭉 진달래가 함박 웃으며
들녘의 종다리, 뜸북이 축가를 불러주며
싱그러운 달래가 도열한 가운데
만복이 쏟아지라고 외친 날

노인 아파트 실버타운도
어린이날도 어버이날도
내 마음 촉촉해 주니
생기 넘치고 희망찬
5월의 노래를
부르고 싶다

큰 아들

동대문시장 밥집 아주머니
쏟아질 듯 엎어질 듯
무거운 밥 쟁반 서너 개 포개 이고
하루에 여러 번 층층 오르내려
지치고 현기증 나
계단에 걸터앉아
굳어 버린 목을 쓰다듬으며
긴 숨을 쉬고 있네요

닳은 갈퀴 같은 손으로
대학 마친 아들
가운데 손가락에 끼워준
ROTC 임관 반지가
늠름하고 의젓한 육군 대위가 된
큰 아들이 보여

힘 솟아
가볍게 계단을 오르네요

돌부처

앞에 선 여인아!
날 빠지게 하지 마시오
한 번 빠지면 헤어나지 못하고
더욱 깊게 깊게 잠긴답니다

여인아
그렇게 뜨겁게 보지 마시오
눈 마주치면 안 녹을 수 없고
한 번 녹으면
흐느적거린답니다

묶인 줄이 하도 단단해서
보지도
듣지도
짖지도 못하는
넓은 바다 한가운데
외딴 섬의 돌부처랍니다

버스 안 단상

창 밖에 내려다보이는 행길에 버스가 지나갑니다
그 뒤로 꼬리 물고 또 한 대가 지나갑니다

그 버스를 타고 싶어 올라탔습니다
버스는 콱 출발, 콱 멈춰
쓰나미에 휩쓸리듯 했지만
화낼 수도 없었습니다

앞에 젊은 여인이 앉아 있었습니다
그의 옆에서 손잡이에 매달려 있으려니 나이가 미안하고
마치 자리를 양보하라고 시위하는 것 같아 더욱 미안했습니다
그 여인은 괜히 눈을 감고 있는 것 같았습니다
얼마 안 가서 그 옆 자리가 생겼습니다
다른 사람에게 자리를 빼앗기기 전에
곧 그 자리에 앉았습니다
앉고 보니 내가 있던 그 자리에
끼어 서 있는 젊은이에게 미안해졌습니다
조금 전에 앞에 앉아 있던 젊은 여인같이
나도 괜히 눈을 감았습니다
버스 안에서는 서 있어도 앉아 있어도
매 한가지로 미안했습니다

세상사도 같은가 봅니다
서 있어도 앉아 있어도
잘 살아도 못 살아도
매 한가지입니다

잘 산다고 못 사는 사람에게 돈 주고 야구방망이로 친 사람은
순간 통쾌했겠지요
구속된 후에도 통쾌했을까요
야구방망이로 맞은 사람은 돈 받고 좋아했을까요

봄

가파랐던 긴 숨도
쉬는 한숨이 되어
봄맞이하니

주름살도
허리도
걸음걸이도
느긋하네요

근심 걱정 날려 버리고
봄기운에
웃음 띠고
만끽하네요

바다짱 되고 싶다

백림 제2시집

우람한 몸통을 높이 떴다 내리치니
그 큰 바다가 소스라쳐 쪼개지고
옆의 섬이 흠칫 놀라 흔들리는구나

크게 한숨 확— 내뿜으니
온 몸에 스민 구린 것 몽땅 사라지고
깊게 잠긴 응어리도 사그러지네
아— 얼마나 통쾌 유쾌하겠나

입만 벌리면
배가 저절로 채워지고
졸개들이 졸졸 따라붙어 호위하니
그 누가 귀찮게 굴며
또 시비 걸겠나

너무도 당당하구나
짱이로구나

나 고래가 되고 싶다

거지들의 이야기

빌어 먹으러나 가지
공자 앞에서 문자 쓰나
산전수전(山戰水戰) 다 겪은 도사(道師)들 앞에서
젊은 녀석 아는 체하니
소가 하품을 하지

세상에 지겨운 놈 하도 많다지만
구역질 나는 놈 한둘이 아니네
모른다는 것도 모르면서
아는 것도 없으면서
다소곳이나 있지
아는 체하며 떠들어
목소리나 작으면 시끄럽지나 않지

지겹구나 지겨워
밥 빌 걱정이나 하지
무식한 거지들 속에 끼어
고생하는 놈 머리 아프네

(2012. 6. 8)

생각하기 나름

건물 청소하는 아주머니가 있습니다
누가 알아볼까
누가 흉볼까
자식이 볼까
움츠리며 일하고 있습니다

누구 한 사람이
유심히 보고 있습니다
"아주머니는 참 좋겠습니다
일할 수도 있고 돈도 벌 수 있으니…
난 일하고 싶어도 일할 수도 없고
돈 벌고 싶어도 벌 수도 없으니
아주머니가 무척 부럽습니다"

'……'

순간 아주머니 얼굴에
미소 가득 가득
몸 가뿐 가뿐
더 땀 흘리고 있습니다

그날이 오고 있나 봐

찬 바람이 스산히
살갗을 스치며
슬며시
오고 있나 봐

분별 없이
지나온 시간 시간마다의
숨 가빠 품었던 무지개 꿈들을
이젠 다 물리치고
한숨 돌리며
조용히
그날을
맞이할 수밖에 없는가 봐

삶의 달인(達人)

"참 아름답구나
이쪽 별은 북두칠성이고 저쪽 별은 북극성이고—
여보 사공, 저 멀리 있는 별은 무슨 별인지 아시오"
"아— 모릅니다"
"그것도 모르시오, 인생의 반은 헛 사셨구려"
"?……."

"선생은 수영할 줄 아시오?"
"모릅니다"
"그것도 모르니 인생을 완전이 헛 사셨네요."
뱃사공은 배를 엎어 버렸다
그 천문학자는 살려달라고 애걸복걸하였다

배운 사람이 더 윤택하고
못 배운 사람 덜 윤택하지 않다
돈 많다고 오래 살고
돈 없다고 덜 오래 살지 않는다

오랜 세월 비바람 속에
농부는 농사일에
어부는 고기 잡는 일에

주부는 부엌 일에
나름대로 삶의 달인이 되어 있다

너, 나
어엿한 삶의 달인이니
서로 서로
높여 줘야 한다

제 멋에 도취되어
스스로를 속이지 말고
머리 숙이는 맛도 알아야 하지 않겠나

유병장수(有病長壽)

지난 20일 한 동기생이 유명을 달리했다
출세했다고 자만심(自慢心)에 실의(失意)가 차 있다가
우울증(憂鬱症)과 파킨스병 증세마저 심해져
실어(失語)에 거동(擧動)도 못하다 떠났다
평소 퍽 건강하고 의욕적이고 재주도 많은 친구인데 떠나다니
자주 한 통화에 성의 없이 대하여 준 일로 마음 아프다

무병단명(無病短命)에 유병장수(有病長壽)라나
현재까지 아래와 같이 16번의 입원 치료에
7번의 죽어 본 기록인데도 아직 살아있으니 장수한 셈인가

1996. 8. 경 동기생 윤창하와 중식중 실신—삼성동 백병원 안
　　　정 치료(1)
1997. 8. 9~8. 14(6일간) 뇌경색 징후—아산병원 입원
1998. 5. 13~20(8일간) 뇌경색 2차 아산병원 입원(별도 6. 21
　　　심장검사)
2000. 9. 12~15(4일간) 뇌경색 3차 아산병원 입원
2001. 11. 15 무역회관 중국식당 석식중 졸도—아산병원 응급
　　　실—당일 퇴원(2)
2004. 7. 17 백내장 좌측 시술—3개월 후 우측 시술
2005. 2. 8~26(19일간) 갈비뼈 골절—혜민병원 입원

2005. 4. 13~20(8일간) 우리들병원−척추수술(3)

2005. 7. 11~16(6일간) 급성심근경색 응급실−(1차 stand 삽입) 아산병원 입원(4)

2006. 1. 2~4(3일간) 관상동맥 시술(2차 stand 삽입)

2008. 2. 1~4(3일간) 관상동맥 3차 stand 삽입 시술

2008. 7. 경 급성실어증 발병−아산병원 응급실 진찰

2009. 7. 11 보훈병원 응급실−심한 어지러움증(익일 퇴원)

2009. 11. 12~14(3일간) 보훈병원 전립선비대증 수술(5)

2009. 12. 13~19(7일간) 보훈병원 응급실 입원(요폐증)

2012. 3. 5~7(3일간) 치과 인플란트 수술차−아산병원 입원 (6)

2012. 6. 12 하남교회 예배중 실신−보훈병원 응급실 입원(당일 퇴원)(7)

16회 입원치료중 7회 실신(마취 포함)

위대한 질서

부글부글 끓고 있는 해는
왜 지구를 새까맣게 불사르지 않나
쉬지 않고 빙빙 도는 달은
왜 지구를 들이받지 않나
수많은 유성 중 그 어느 것 하나
지구를 들이받지 않나
그 이유는 단 하나
위대한 질서 때문이다

그 많은 성인(聖人) 중에
그 많은 훌륭한 목사님, 신부님, 스님들 중에
죽지 않는 사람 왜 한 분도 없나
지구상의 70억 인구 중에
한 사람도 죽지 않는 사람 왜 없나
그 이유는 단 하나
나타났다가 사라져야만 하는
위대한 질서 때문이다

내가 죽지 않고
모든 생물이 영영 살아간다면
그 질서가 산산조각날 것이다

그 질서가 무너지면
지구는 박살날 것이며
모두가 당연히 존재할 수 없다

그 질서를 위해서
나는 반드시 갈 것이다
가야만 한다
그 위대한 질서를 위하여

속아리 · 3

흔하게 건너는 바다도 멀리 하고
풍부한 물질도 못 보게 했으니
아비 마음 편할 리가 없어
구겨진 얼굴 펴질 날이 없구나

한 마디 중얼거림도 없이
제대로 자랐으니
조금은 머리 들 수 있구나

지난 세월 어이 탓하겠냐만
남은 세월 구만리 같으니
작다 하지 말고
미소 그득히
머리 굳건히
쿨하게 살아야지

너의 가는 길이
언제나 밝고 만사형통할 거다
아비는 속아리로 쾍쾍하고 있지만
너희는 즐거워 쾍쾍해야 하지 않겠나
그게 아비의 남은 바람이란다 쾍쾍

(2011. 1. 25)

사진작가 김두순 제공

3부
새 아침에

새 아침에

검은 용(龍)이 승천(昇天)하는
임진년(壬辰年) 새 아침이 열렸습니다
구름 사이로 새롭게 단장한 햇살이
창문(窓門)을 들여다보고는
지긋이 기도하고 있군요

몸과 마음이 홀로 있는
이곳의 노인들을 위해

건강에 고통이 없기를
자녀들에 대해 근심 걱정이 없기를
외롭지 않기를
기도하고 있군요

동란(動亂)의 생사 갈림길에서
굶주림과 고달픔과
이리 저리 헤매던
피란(避亂)의 소용돌이 속에서
너와 나 그리고 우리가 잘 살기 위해
자조적(自嘲的)인 '엽전' 이니 '짚신' 을 넘고
숱한 역경을 겪다가

이젠
인생의 끝 점(點)이 될 보금자리로 와
생의 쓸쓸한 가을의 향기(香氣)만을 맡으며
지내는 이들을 위해
머리 숙여 축복(祝福)의 기도를 하는군요

입춘대길(立春大吉)

훈훈한 소리가 널리 퍼지고 있습니다

개나리 진달래 철쭉꽃 모두가
손에 손잡고
맨발로 마중 나올 겁니다

시냇가에 개구리 얼음 깨는 소리와
버들강아지 기지개 켜는 소리
산새들이 입맞추며 즐기는 소리
봄이 오는 소리랍니다
젊음이 오는 소리라고도 합니다

정성스레 물 주는 베란다의 봄꽃이
빨갛게 하얗게 활짝 웃고 있을 겁니다
군자란도 꽃을 내밀고
예쁜 씨글라멘트도 아름다움을 자랑할 겁니다

금년은 아마도 좋은 일이 있을 겁니다
큰 구릉 작은 구릉
봄의 왈츠에 취할 겁니다

새가 되어

삼킨 것
마신 것
다 뱉어
텅 텅 비어 있으면
높게 높게 날 수 있겠지

쌓여 있는 낡은 것 다 풀어 버리고
훨 훨
더 높게
이리 저리 뒤엉킨 땅을
내려다보면서
야− 모두들 불상타−

야− 호…
외치고 싶구나

부부(夫婦)

수많은 모래알 중에
어쩌다 인연 되어
엉겁결에 파뿌리가 되리라 언약하고
비바람에
풍랑도 맞으며
웃고 울다
헤어질까 말까 흐느끼다가
아들 딸 낳고 키우며
세월 다 흘렀네

어느덧
파뿌리가 되어
아이고 다리야
아이고 허리야
눈 안 보여
귀 안 들려
어정 어정

둘이 손잡고 부축하며
제 몸도 사리지 못하면서
서로 서로

밥 챙겨
옷 챙겨
깊은 주름 마주 보며
걸어가는 둘만의 길

사진작가 김두순 제공

한강

모양이 없다 했더니
줏대가 없다 했더니
유유 의젓하구나

템즈강보다 더 아름답고
라인강보다 더 기적 이루고
크고 크다는 한강

눈물과 쓰리림이 흠뻑 스며 있는
역사의 증언 그득한

그곳에서
여름에는 수영을
겨울에는 스케이트를 즐겼던 곳

우리나라의 젖줄
우리의 고향
내 곁의 그 한강을
지금 보고 있다

금혼(金婚)

백림 제2시집

굽이 굽이 오십 고개
강여울 개여울 건너며
된 바람 작은 바람
덜크렁 덜크렁
고비 고비 웃다가 울다가
큰 숨 작은 숨
숨 가빠 넘는 고개

아리고 쓰라린
속아리 1, 2, 3, 4 읊어가며
편한 날 없이
잘 넘나들어
금혼(金婚)이라 웃다가 또 웃는데

자식들 모두 가화(家和)해야 한다니
그것 참
쓴웃음 가득하구나

(2012. 4. 22. 금혼의 날)

버스의 낭만

30-3, 30-5 잠실행
341 잠실, 강남행
9301 신설동, 서울역행
5분, 10분, 15분 간격으로
삑 삑 찢어지는 라이닝 소리내며
덜컹 덜컹 흔들면서 달려갑니다

무뚝뚝한 남자 운전기사가
가냘픈 여자 운전기사가
번쩍 번쩍 귀고리의
한껏 멋낸 아가씨에게
생활고가 새겨진
거친 손마디의 아주머니에게
구차하게 차려입은 노인에게
스마트폰, 핸드폰 물결에 아랑곳없이
타고 내리는 얼굴 얼굴에
"안녕하세요"
"어서 오세요"
미소 짓고 인사하는데
표정 표정이 밝아지네요

돈 많다 거드름 피우는 우리 사장님
좋은 차 자랑하고픈 신사양반
버스의 낭만을 아시나요

쟈니가 보고 싶다

하얀 털의 조그마한 마티즈
너의 이름은 쟈니였다
내가 불러 준 이름이다

내가 좋다고
미친 듯이 흔들어대는 짧은 꼬리며
매달리고 안기고
졸졸 따라다니던 너

새까만 큰 진주 눈동자는
사랑해달라고 애걸하는
애처롭게 보이던 너

밤이면 슬며시 내 곁에 와서 잠자고
내가 기침이라도 하면
걱정스럽게 쳐다보던 너

호랑이 할머니가 샤워 시킬 때는
꼼짝 못하다
물 닦는 나에게는
애교 섞어 앙탈하던 너

너와
헤어지지 않으려 했지만
너를 보내고 나니 새삼스레
이 세상에 너만큼 사랑스럽고 정든 건 없었구나

너는 나를 잊었겠지만
오랜 세월 흐른 지금도
나는 너를 잊을 수가 없구나

*백림 자전적 시집《기적이 흐르는 삶》(한누리미디어, 2010. 1. 11)에서 리메이크

아버지

그 고마움을
그 위대함을
자식이 팔순이 되어 알았다면
얼마나 어리석은 겁니까
어떻게 꾸짖어야 합니까

연약한 어머니와
네 남매 다섯 식구를
약관 33세에
살벌한 국경(國境) 두만강(豆滿江)을 건너
다시 또 한 번
바다 기러기만 넘나드는 삼팔선(三八線)을 넘어
그 고귀한 고등관의 자존심 몽땅 팽개치고
자전거로 우유 택배
빵 구워 팔기
산비탈에 맨손 부르터 가며
우리 가족의 새 둥지 장충동 집 짓고

6.25 전란(戰亂) 땐
釜山 大邱 淸州 光州로 줄줄이 온 식구 피란시켜
대구엔 서울 학생을 위해

경기여고 손영순 교장과 함께
'서울 피란민 대구 연합중고등학교'를 설립한
우리 아버지!

다시 한 번 외칩니다
정말 고맙습니다
정말 위대하셨습니다

지금에야 외치다니
불효 막심합니다
용서해 주십시오
아버지!

내 인생에 박수를 보내자

동기야!
20이 80 된다니
무슨 계산이냐
어쩌다 그런 계산이 되나

몇 번! 아무개 생도!
구두 물고, 뛰고
태릉탕의 따뜻한 얼음 물
소복한 하얀 눈 위에 엎드려 뻗쳐
손 시려, 거시기 시려

'다르마' 난로 경유 넣다
기름 한 입 물고
시꺼먼 목덜미로 학과 출장한
헉헉거린
그 beast time
잊을 수 있나

동기야!
머리가 번쩍 번쩍해졌으니
두 발 손질은 양호한데

심하게 쭈글 쭈글해졌으니
얼굴 손질은 불량하구나

쓰러지지 마라
왜 쓰러져
백사고초 쓰러져도 육사 혼인데

온 나라 방방곡곡에 흩어져
나라를 지켰다는 그 자부심, 그 기백
정직과 명예와 충성의 일념이
얼마나 자랑스럽나

오성 동기야!
어느 가수의 노래같이
"내 인생에 박수를 보내자"
"내 초상화에 영광의 꽃다발을 놓자"

애도(哀悼)

― 아우를 보내며

하늘에 계신 하나님!
그리고 지하에 계신 아버지 어머니!
당신이 항상 사랑하시던 셋째 아들 東春이가
나이 70에 당신 곁으로 갔습니다
손잡아 주시고 따뜻이 포옹을 해 주세요
子婦 李美煥, 孫子 奉昊, 奉旻, 孫子婦 鄭恩順, 曾孫女 抒潤
모두 슬픔에 잠긴 이들을 두고 갔습니다
이들을 위로해 주시고 앞날을 축복해 주세요

東春이는 상상할 수 없는 모진 고통을 끈질기게 감내하였습니다
혀에 암세포가 생기는 설암(舌癌)이라 하였습니다
혀의 한쪽을 잘라내었습니다
그 자리에 한쪽 팔뚝의 살을 도려내어 붙였답니다
그 팔뚝 자리에는 허벅지 살을 도려내어 붙이고
허벅지 자리 그 자리는 꿰맸답니다

얼마 후 혀의 다른 쪽에 암세포가 또 퍼졌답니다
그쪽 혀를 또 잘라냈습니다
그 자리에 전과 같이 다른 쪽 팔뚝 살을 도려내어 붙였답니다
그 팔뚝 자리에 또 허벅지 살을 도려내어 붙였답니다

얼마 후 혀에 암세포가 더 퍼졌답니다
혀를 모두 잘라야 된다고 합니다
목 부분을 넓게 들어냈습니다
그게 웬일입니까
세포가 확 퍼져 수술이 불가능하답니다
수술을 포기하고 덮었답니다

몇 차례 수술하는 동안 방사선 치료로
이빨이 모두 빠져 버렸습니다
사용하던 틀니도 소용이 없었습니다
호흡은 목에 구멍을 뚫어 숨 쉬고
그 자리에서 가래를 걸러냈습니다
혀가 없으니 음식 맛은 물론이고 먹을 수도 없었습니다
수술을 포기하고 덮은 자리는 약물의 내성이 생겨
치료가 불가능해졌답니다
그 자리가 더 심해져 고약한 냄새가 나고 아물지 않았습니다
음식을 못 먹으니 위 자리에 구멍을 뚫어
직접 위로 미음을 주입하지 않으면 안 되었습니다
말도 못하고 입으로 먹지도 못하고
귀에 물이 차서 듣지도 못하는 고통을 겪었습니다
최악의 고통을 당한 것이지요

갑자기 숨을 거두었습니다
가족이 모두 울부짖으며 기도하였습니다
하늘나라에 가서 세상사를 모두 접어 버리고
푹 쉬라고 명복을 빌었습니다

화장을 하였습니다
두 시간에 걸쳐 한줌의 재가 되어 나왔습니다
흔적도 없이 사라졌습니다
"백동춘이 화장이 끝났다"는 멘트가
화장장의 게시판 위에
윙 윙 바람소리와 함께 들렸습니다

가슴 깊게 외쳤습니다
잘 가라고

(2011. 11. 3)

아우야! 지금 어디 가 있나

1995년도 중앙일보 '한국을 움직이는 사람들' 판에
내 아우 백동춘(白東春)이 자세히 등재되어 있다
공영토건 사장을 비롯하여
동아건설 부사장
ROTC 1기로 중앙회 부회장
한양대 ROTC 총동창회 회장 등등

충청도 소재 삽교천 설계, 감수, 시공을
현대건설에서 위촉한 국내 굴지의 토목전문가가 제시한 대안을
청와대까지 가 당당히 물리치고
광활한 국토의 일부를 이룩하며
토목계의 제일인자로 부상한
내 아우 백동춘

초등학교 때 성적이 우수하여
담임이 두 번이나 월반(越班)시켜
동급생보다 두 살이나 나이 적으면서도
'구수한 보리차' 란 별명의 인기로
친구들에 항상 에워싸여 지내던
내 아우 백동춘

건설업계에서 보기 드문
정의와 도덕을 부르짖던
완고한 보수주의자

그가
암 투병하며 방사선 치료로
이빨 모두 빠지고
머리는 백두(白頭) 되어
검은 중절모 쓰고 나타나던
눈물겨웠던 모습
말기 환자만 수용하는
분당의 보바스 기념 병원에서
병문안 간 나와 헤어질 때는 항상
휠체어에서 'good bye' 하던 그가
가기 전날
그 날은
걸어 나와 군대식 거수경례로
마지막 인사 'good bye' 하며 손 흔들던
내 아우 백동춘

나보다 먼저 갔으니

이름만 남기고 지금 어디에 가 있는지
잊을 수가 없구나
지금 어디에 가 있느냐고
그 이름을 부르며
눈물짓고 있다

(2012. 7. 30)

속아리 · 4

연꽃잎에서 즐겁게 햇빛 쬐는 새끼 셋이
수심 깊은 데서 노니 애비 걱정 꽥 꽥

큰 놈
굶주린 여우 만나 벼락 맞고 집 기둥 하나 날려
어리둥절 또 둥절
건져 달라 밧줄 달라
애걸복걸하니 꽥 꽥

다음 놈
물 깊은 줄 모르고 헤매다가 태풍 만나
풍비박산 되어
식구들 어데 갔나
집 따로 짓고
울부짖으니 꽥 꽥

셋째 놈
지금도 배고프다고
물속에 잠겨 헤어나지 못하고
아우성이니 꽥 꽥

늙고 허약한 개구리
자식 잘못 키웠다 탄식하며
연못 잎에 드러누워 쾩쾩

(2011. 9. 11)

사진작가 김두순 제공

4부
가는 한 해

가는 한 해(2012)

고요한 밤 거룩한 밤
어둠에 묻힌 밤
주의 품에 안겨서
감사 기도 드릴 때
한해가 잘도 간다
또 한해가 잘도 간다

다시 결코 오지 않을
너를 보내며
말로 표현할 수 없는
서글픈 회한(悔恨)이 서리는구나

가슴 터지듯 응급 신세를 져가며
홀로 속 쓰리고 아려
속아리 읊어가면서
눈물겨워 했지만
연말의 품에 안겨
큰 대과 없이
지금 해와 달을 반기며 지내고 있으니
참 감사하구나

X-mas라 거리마다 방송마다 캐롤이 흐르니
즐겁기도 하고 서글프기도 하구나

새해를 맞아
속 쓰림 없는
참 좋은 해가 되길 기도한다

남은 한 장의 달력

한 장만 남았구나
아무런 미련도 없이
나를 버리고 가는구나
그렇게 가야만 하나
가려면
너 혼자 가지
나까지 데려가려느냐

뒤돌아보니
남은 그림자조차도 없구나
다들 간직한 꿈을 위해
닦고
조이며
세월에 땀 흘리는데
다만 survive를 위해
조심 조심
웅크리고 있었던 것뿐이네
O. Henry의 'The Last Leaf'이 떠오르는구나

한 줌의 성의

달라는 것도 아닌데
갈망하는 것도 아닌데
극구 사양하는데도
한 줌 그득히 담아
작은 그릇에 한 줌 부어 주었다면
얼마나 흐뭇했겠나요

그 한 줌으로
한겨울 따뜻한 숭늉 마시듯이
마음 끝 뽐내는 공작새같이
만면에 활짝 봄꽃 피면서
활개치면 얼마나 좋을까요

고마움이니
feed back이란 용어는
오래 전 이미 없었답니다

코스모스 여인

하늘 하늘
코스모스가
가을이라 노래하는데

선선한 바람
가슴 가득 안고
다이어트
에어로빅
단련된 가는 허리로
부러질까 흔들며
수줍은 목소리로 가을 노래 합창하네요

예쁜 얼굴 더 주름질까
미소 그득
조용히 인사하는
충청(忠淸) 토산(土産)
인어(人魚) 여인(女人)

은이야!
銀伊야!
늙지 마!

(2012. 9. 10. 魚銀伊 女史께)

말기(末期)의 항변(抗辯)

암(癌)의 말기는 6개월의 수명을 선고 받는 경우가 많다
환자는 남은 생(生)에 대하여 전전긍긍하며 지내게 마련이다
또한 죽음에 따르는 여러 문제를 구상하며 정리하게 된다

어느 환자의 경우는 의사로부터 6개월 선고 받은 후
아무에게도 알리지 않고 조용히 재산 정리하고는
3개월 일정으로 아내와 같이 세계여행을 다녔다
보기에 퍽 즐거운 시간을 보내는 것 같았다
그 후 주위 친지를 초대하여 크나큰 파티를 하고
입원 7일 전에 가족과 친지에게 자기의 수명(壽命)을 알리고는
모두가 슬퍼하는 가운데 낙엽같이 떨어져 갔다
내 친구의 이야기다

얼마 전 간암(肝癌)으로 6개월에 걸쳐 죽어가는 모습을
막내딸에 의해 영상으로 남긴
인상적인 일본 영화 '엔딩 노트(ending note)' 가 있었다
퍽 감명을 받은 영화였고 죽음을 다시 생각하게 되는 계기가 되었다

사람은 누구나 자기의 죽음이 언제 닥쳐올지 모르는 가운데 살고 있다
예고(豫告) 없이 갑작스럽게 닥친 죽음에는 당황하고 퍽 어지럽다
죽는 순간은 고통이 없다고 한다

어떤 죽음에도 그 순간의 고통은 없다고 한다
때문에 죽는 순간을 두려워할 필요는 없다
다만 죽음 자체가 두려울 뿐이다
원치 않지만 죽음은 누구에게나 필연적인 것이기 때문에
피할 수 없이 받아들이지 않을 수 없다

선고(宣告)된 말기(末期)는 예고(豫告)된 죽음이다
갑작스러운 죽음보다 역설적(逆說的)이기는 하지만
다행한 것으로 볼 수 있다
결코 슬프지만 않은 말기(末期)라고 항변(抗辯)할 만하다

닮았다

기억력이 나빠지고 건망증이 심한 증상이 있어
남편인 노인이 여러 번 진찰 받기를 권유했지만 망설이다가
진찰 결과는 뇌동맥협착증
수술의 실패율이 5% 정도 되니 걱정 말고 수술할 것을 권유하면서
수술 안 하면 후에 심각한 결과가 된다는
의사의 말에도 불응하고 돌아섰다
닮았다
수술하러 갔다가 되돌아 서는 것도 닮았다

시간이 지날수록 증상이 심해져
잠도 안 자고 식사도 잘 안 하고 헛소리가 심해져
보름에 한 번 의사가 왕진하고 또 한 번은 간호원이 오고
가정부가 일주일에 세 번 오고
노쇠한 남편은 뒤뚱거리며 정성을 다해 간호하였다
점점 더 심해져 못 견디겠다고 중얼거리며
동화를 읽어주면 잠드는 아내의 얼굴에
드디어 베개를 씌워 질식케 하였다
'아므루' 란 불란서 영화의 이야기다

우리나라에도 이런 사건이 몇 건 있어 화제가 된 일이 있었다
최근 남편에 살인죄로 징역 3년이 언도되기도 했다

사람의 능력에 한계가 있다
'긴 병에 효자가 없다' 는 말도 있다
누구도 닮지 않기를 바랄 수밖에

천연기념물

한 들녘에
외롭게
천년(千年) 묵은 천연기념물이 홀로 서 있네요

국보(國寶)라서
오랜 세월 견뎌
미쳤나 봐요

따뜻한 봄도 아니고
한겨울인데
물도 안 주고
햇볕도 쪼이지 않았는데
새싹을 돋으려 하니

차디찬 바람을
산들 봄바람으로 알고
가지는 다 마르고
뿌리는 썩어가고
간신히 서 있을 뿐인데
가자 가자 하니
정말 미쳤나 봐

원장님의 미소

치매 할머니
무엇이 그리 화났는지
중얼 중얼거리며
원장님께 화를 뿜어대네

영문도 모르고
매 맞은 원장님
조용히 미소짓고 있네요
원장님의 미소는 천사의 미소네요
그 미소는 하나님의 것이네요

(2013. 4. 5 요양원에서 정지연 여사의 글을 보고)

나의 별(星)아

반짝이는 하늘의 별이
요양원에
누워있을 줄 어떻게 알았나요

6.25 전쟁의 용사
귀신 잡는
해병(海兵)의 별이
늘 침대에 묶여
말을 못하나요
왜 듣지도 못하나요

호스로 바로 붓는 이유식이
그렇게 맛있나요

한 번 크게 웃어나 보세요
호탕한 그 웃음 간절히 보고 싶답니다

나를 보세요
보이나요
방울 방울 젖은 내 눈을 보세요
사랑이 그득하지요

밤마다
밤마다
여전히 반짝이는
당신은 영원한 나의 별이랍니다

시창작반(詩創作班)

꽃 피고 지고
눈비 내리는 곳
꿈에 본 고향을 그려내는 곳
어느새 고향 사람이 되어
보고 싶던 사람들을
만날 수 있는 곳

커피 향에 웃음을 타 마시며
같이 먹는 밥도 유난히 맛있는 곳
날 남자로 보지 않아도
서운하지 않고
기쁨을 주니 행복한 곳

멋도 풍기고
아름다움도 뽐내고
애교도 피우는 할머니들
반백의 머리칼과 아리따운 주름살이
훈기 그득히 만드는 곳

말이 씨가 되고
싹이 트고

가지가 되어
행복의 그늘을 만드는 곳

쓰나미(Tsunami)

2011년 3월 11일 금요일
일본 북동부 일대에 세계 4번째로 큰
9.0의 요란한 지진이 있었습니다
수많은 마을을 몽땅 휩쓸어
3만 명 가량의 목숨을 앗아가 버린
10미터 키의 검은 바다였습니다

논둑이 무너져 논물이 넘친 것이 아니었습니다
어린 아이가 놀던 종이로 만든 거대한 배가
무참히 엎어진 것도 아니었습니다
격납고에 고이 간직하던
초성능의 수 억불 짜리 전투기를
그냥 꼬나박은 것도 아니었습니다

바다가 무척 화났나 봅니다
시커먼 얼굴로 벼르고 벼르다가
화풀이하나 봅니다
그것도 부족하여 여러 개의 원자로를 폭발시키고
방사선을 높이 높이 내뿜고 있습니다

누가 감히 자연의 뜻을 무시했나요

인간이 감당할 수 없는 큰 힘을
이렇게 과시하고 있나 봅니다

그런데
그곳엔 약탈도 강도도 무질서도 없었습니다
통곡도 몸부림도 절망도 없었습니다
주먹밥을 기다리며 배고픔을 참고
길게 선 줄만이 있었습니다
목마름에도 먹을 물의 차례가 올 때까지
기다림만이 있었습니다
모두들 대자연의 힘에 숙연하고 있었습니다

(2011. 3. 15)

속아리 · 5

연잎에서 즐거이 이태백의 노래 부르던
큰놈이
먹고 놀다가 연못 깊은 곳에 훌렁 빠져
헤어나지 못해 헉, 헉, 하니
온 가족이 이마에 땀 송송 솟으며
동으로 서로 헤매는데
보고만 있는 늙은이 어이 허나! 쾍쾍

다음 놈은
나름대로 수영을 곧잘 해 헤쳐 나가고 있으나
불안, 불안에 불만스럽지만
그나마 다행이라 생각할 수밖에 쾍쾍

셋째 놈은
단련되고 숙련되어
크게 더 빨리 크지는 않지만
역시 불안하지만
점점 크리라 기대하며
그러니 세 놈 모두 그저 그러니 쾍쾍

한강변에서 물에 빠진 세 어린이를 본 젊은이가

급히 옷 입은 채로 물에 들어가
어린이 하나씩 하나씩 구하고는
자신은 맥진하여 목숨을 잃은
의사자(義士者) 양필석 상(像)이 하남에 있습니다
스물세 살 된 젊은이가 물에 빠진 세 어린이를 구했네요
참 장하네요 쿽쿽

(2011. 10)

5부
정직 명예 도덕

사철탕집 주인은 무얼 하느냐

이놈들 봐라
미친개냐
들개냐
사방을 어지럽게 하는구나

속이고 법 어긴 주제에
제 놈이 잘났단다
못난 놈들
고약한 놈들

큰 도둑놈이
제 잘못은 감추고
큰 소리치며
거드름 피우며
제 할 일 안 하고
살살 곁눈질하며
제 밥만 챙기면서
안개 낀 뽀얀 숲에서
더 먹고 또 더 먹으려
설치며 악을 쓰니
가소롭구나

어이 하겠나 이놈들
너무나 널리 퍼져 있으니

사철탕집 주인은 무얼 하며
영양탕집 주인은 무얼 하느냐

속고 있군요

참 아름답군요
대단히 화려하군요
번들 번들하군요

껍질만 번지르르한 건 아닌가요
속은 썩은 건 아닌가요

사람들에게 겉만 보여주기를 원합니다
그러면서 거드름 피우고 으스대려 합니다

사람들도 그렇게 보기를 원합니다
겉과 속이 다른 걸
모르기도 하고
알면서도 모르는 척합니다

보기 좋은 떡이 반드시 맛이 있나요
정치가 닮았네요

고양이 세수하는 이유

앞발로 계속 얼굴을 닦는다고
지워질까

부끄럽고
후회스러운
누군가에 말할 수 없는
나만이 간직해야 할
그 회한(悔恨)을

오랜 세월
피할 수 없어
바람 맞고
비 맞은
그것들을

그렇지만
보람 있고
자랑스러운 꿈 같은 것들로
기적이 흐르는 삶과 함께
닦고 있네

백수건달

민주주의는
국민의 여러 다양한 의견을 수렴하여
토의하고 타협하고 조정히며
이견이 조정이 안 될 때는
다수결로 정하는 것이다

대통령을 다수로 뽑는 이유
국회의원도 다수로 뽑는 이유
각종 집단의 책임자도 다수로 뽑는 이유
재미로 하는 것이 아니다

소수는 패배의 쓴 맛을 보고 억울하다
그렇다고
소수가
어거지와 폭력으로 다수를 이겨야 하겠다고 한다면
민주적이냐

민주주의 개념도 모르고
국민의 대변인도 아니고
선거구민의 대의(代議)도 아니고
소신도 없고

주의 주장도 없이
국가나 국민을 위함도 없이
오직 정당의 충실한 하수인이고
자기편은 무조건 두둔하고
상대편은 무조건 반대하는 것이
본분이라 한다

어느 초선의원이
우수한 인재가 되어 의사당에만 들어가면
백수건달이 되고
그 집합체가 국회라 했다
자기 먹는 예산만 늘리고
먹고 노는 국회라 한다면 되나

다는 아니겠지만
다선(多選)일수록 먹고 노는 데 달인이란다
수가 많아 그럴까
무제한 연임제 때문일까

너 뭐야

백림 제2시집

너 뭘 안다고
뭘 알아
알려고 애썼다고
웃기지 마
아무것도 모르면서 안다고

안해 본 것 없다고
뭘 해 봤어
하려고 애썼다고
웃기지 마
아무것도 모르면서 해 봤다고

너 고깃간에 걸려 있는 고기 덩어리와
다른 게 뭐 있어
너 바위 산에 간신히 걸쳐 있는 소나무와
다른 게 뭐 있어
너 콧구멍 둘 있는 오랑우탕과
다른 게 뭐 있어

다 제 구실하고 있어
너보다 못한 게 없어

너 머리 숙여
더 숙여! 더!
자살은 하지 마

(2013. 8. 10)

고쳐야 한다

백림 제2시집

왜적의 침략을 무찌르고
개선한 장군을 모함하여 투옥(投獄)시켰다

다시 침략한 왜적이 있어
무찌르기 위해
투옥 중인 장군을 출전시켜
다시 무찌르게 하고
개선 귀환한 장군을
다시 문책 해임시켰다

또 왜적의 침략이 있어
또 장군을 출전시켜
수많은 전투를 하게 하고
"내 죽음을 아무에게도 알리지 말라" 외치면서
왜적의 탄환에 전사(戰死)케 했다

그 이순신 장군이 전사(戰死)하지 않았다면
또 모함 받아 수난당했을 것이다

내 편 네 편 끈질기게 싸우는 후예(後裔)가
지금까지 내려와 있다

이쪽이다
저쪽이다
너는 싫다, 결코 싫다
너 죽고, 나도 죽고
끝까지 싸우자, 끝까지

백척간두(百尺竿頭)에 선 나라를 구해 준 은혜는
때려 잡는 대상이 되고
역사상 가장 국가 발전에 기여한 공로는
높이 평가하기보다 시기(猜忌)로
때려 잡는 대상이 되고
무위도식(無爲徒食)한 자신은 부끄럽게 생각하기보다
출세하려 들고
무엇이 그리 떳떳한가

서로 이해하고
온후(溫厚)하며
겸허하고
예의 바르며
역지사지(易地思之)하며
남에게 폐(弊) 끼치지 않는 그런 인성(人性)을 바라며

조악(粗惡)한 인성(人性)을
올바르게 가르치고 키워야 한다

여기에
의식 개혁의 필요성을
부르짖는 이유가 있다
의식 개혁이 행위 개혁이다

분뇨(糞尿)가 튀네

밭두렁 분뇨(糞尿) 구덩이에 있는 공을 건지려다
빠진 아이가 있습니다
그 냄새에 어미에게 혼쭐나 울고 있군요

분뇨 구덩이에 빠지지 않고도
그 냄새가 지독히 풍기는 이가 있으니
웬일입니까

장애인 말고 병신들
입 벌릴 때마다 더 독한 냄새 나니
나라가 어쩌고 저쩌고
몽땅 거덜나든 말든
뜬구름 잡겠다며
거짓 망, 사기 망 뒤집어쓰고
잠시도 쉬지 않고
지겹게 사방에 튀기고 있군요

분뇨 구덩이에 들어가
한 번 씻고 오면
그 냄새가 덜할 텐데

(2012. 10 대통령 선거 유세 장면 보며)

대통령 네 사람

기네스북에 왜 올리지 않나
대통령 네 사람을 한 사람이 당해냈는데

한 사람은 대통령 병에 걸려
돈이 있는 곳엔 목 긴 사슴 되어 기웃거리며
나라 기둥 좀먹는 벌레 소굴의 부두목 되어
그 밑에 졸졸 따라다니는 졸개가
그를 대신해 밤쥐도 모르게 당했다
그는 평생소원인 대통령이 되었지만 영생(永生)은 못하고
욕만 먹으며 간 사람

다른 한 사람은 졸개들을 떼거지로 몰고 다니며
군내(軍內)에 불법(不法) 사조직(私組織) 두목으로
한 건 하려고 설치다가*
직접 당했고 후에 당하게 한 사람의 위에 올라
좋다고 그 사람을 내친 사람이다
자기 군(軍) 윗사람도
멋대로 잡아다가 대통령이 되었다
쿠데타적 하극상(下剋上)이라나
고랑 차 살다가 군도 망치고 있던 곳도 망치고 모교도 망치고
욕을 먹으며 지내고 있는 사람

또 다른 한 사람은 앞뒤 못 가리며
앞의 사람과 같이 설치다가 직접 당했고
당하게 한 사람의 위에 올라
그럴 수 없는 그 사람을 좋다고 내치며 대통령이 되었다
후에 쿠데타적 하극상(下剋上)이라나
고랑차고 살다가
욕을 먹으며 지내는 사람

또 다른 한 사람은
역사상 나라에 크게 기여한 삼대 위인중
한 사람이라 칭할 수 있는 대단한 대통령으로
시이저가 부루트스에 당하듯
가장 가까운 부하에 의해
죽음의 배신을 당했다*
그 부루트스는 '왜?' 란 질문을 당하며 이슬이 되었다

이렇게 대통령 넷을 한 사람이 당해냈으니
그런 게 어디에 있었나

기네스북에 올려야 되지 않겠나

(2013. 1. 25)
*백동림 저 《멍청한 군상들》(1995. 답게) 참조

전화위복(轉禍爲福)

아껴 키우던 말 한 필이 집에서 도망가 낙심했는데
얼마 후 그 말이 다른 한 준마를 데리고 와
오히려 몹시 기뻐했다
아들이 그 말이 좋아 올라타다 낙상하여
절름발이가 되어 다시 낙심했는데
극심한 전쟁터에 못나가 화를 면했다는 고사(故事)
인생사는 좋다가 나쁠 수 있고 나쁘다가 좋을 수 있다는
새옹지마(塞翁之馬)가 있다

내가 탄 말이 마산(馬山)으로 가려고 고집했는데
부산(釜山)으로 갔다
그때 부산(釜山)으로 안 갔으면
그분들 따라 교도소 밥을 먹었음이 분명하다

한평생
미련 가득한 옷을 벗는다고
가슴 아파
원망과 복수와 용서를 모래에 섞어 비볐었는데
그때 안 벗었다면
연금은 물론이고
국가유공 상이(傷痍) 환자로

국비환자 대우도 못 받았음이 분명하다

덕분에
박사 학위도 받아 교수도 해 보았고
한국 대표로 국제회의에 여러 번 참가도 해 보았고
육십여 나라를 방문 세상맛을 보았고
서투른 영어 공부에 고군분투도 해 보았다

세상은 군(軍)만이 애국하는 것이 아님도 알았다
그 나라 언어도 모르고
친지도 없고
여윳돈도 없이
혼자나 둘이서
본국의 지시사항을 이행해야 하는
그들이 있음을 몰랐을 것이다

세상 보는 눈도 생각도
짚신 엽전 촌놈
면하지 않았겠나
벗은 게 큰 전화위복(轉禍爲福)이었나

(2013. 8. 15)

8.15 광복절

다른 나라 덕에 식민지에서 해방되고
다른 나라 덕에 나라 허리가 두 동강 되었다

굼벵이도 구르는 재주가 있다는데
재주 하나 없이
당하기만 하다가
이제 와서
광복절이라 경축하고 있다

악랄한 일제 그 식민지
말 뺏겨
글 뺏겨
이름 뺏겨
다시 궐기(蹶起)하지 못하게
정기(精氣) 어린 산정(山頂) 곳곳에 쇠말뚝 박았는데
어떻게 잊을 수 있나

8.15 광복절
태극기 흔들며 기뻐해야 하는 날인가
나라가 강했고
국민이 성찰했다면

또 날 새며 즐기던 그 지긋지긋한 역사적 정쟁(政爭)
그만- 그만했다면
나라 빼앗겼겠나

주변의 힘센 나라들
언제까지 마냥 미소짓고 악수해 주겠나
쓰라리고 비참한 날 또 당해서는 결코 안 된다

우리의 소원은
튼튼하고 잘 사는 나라 이룩하는 것이다

8.15 광복절
반성의 날이다

*백림 자전적 시집 《기적이 흐르는 삶》(2010. 1. 11, 한누리미디어)에서 개작

日本 놈, 日本 사람

한국 사람들은 일본 사람을
일본 놈이라 부르는 것이 보통이다

일본 사람과 일본 놈은 확연히 다르다
일본 사람은 예의 바르고 상냥하고
정직하고 도덕적이다
본받을 점이 많은 사람들이다

일본 놈은 좀 다른 별종(別種)이다
말버릇도 행동거지(行動擧止)도 거칠고 상놈이다
'야쿠자'의 기질이 있다
뻔한 것에도 거짓말을 잘해야 위대하다고 자위(自慰)한다
교활하기 비길 데 없다

남의 나라 처녀를 납치하여 위안부로 만들어
전쟁터까지 끌고 다니며
그짓을 해야 하는 sex animal
부끄럼을 아는지 뻔뻔히 호도(糊塗)한다

한국 사람은 민도(民度)가 낮다고?
일본에 건너간 백제 사람들과 고구려 사람들은

문화와 예의와 예절과 언어를 가르쳤다
백제 후예인 일본 왕도 그런 것들을 배웠다는
사실을 감추려 하겠나

한국의 문화를 삭제하려 애쓰지 마라
역사가 증언한다
역사의식을 가져라
열등감을 감추고 우월감을 세우지 마라
약자(弱者)에게 강(强)한 척 강자(强者)에게는 약한 호랑이 앞에서
살살 기는 발발이의 그 습성은 '사무라이' 기질인가
한국을 식민지(植民地) 했던 망령을 버릴 때가 되었는데
지금도 패전한 강국의 망상에 사로잡혀 있나
독도를 자기 거라고
뻔뻔함을 즐기는 놈들 당연하겠지

일본과 우리가 독도로 일전(一戰)한다면
누가 누구 편을 들겠나

(2013. 8. 15)

산정(山頂)의 전우애(戰友愛)

1959년 11월 말 밤 11시
스물넷 된 젊은 육군소위(陸軍少尉)가 전입신고하고
동부전선 최전방 1,100m 되는 산정(山頂)의
수색소대(搜索小隊)에 연대장의 지프차로 부임한다
그 험한 산꼭대기까지 찻길에
자동차 헤드라이트 따라
산토끼들이 앞서 신나 달려가고 있다
캄캄한 적막에 신기한 장면이다

부임소대에 도착한다
전 소대원이 한밤중에
새로 부임한 소대장에게 '충성' 이라 외친다
침상에 걸터앉아
군화를 벗자
두 명의 병사가 두 개의 철모에 따뜻한 물을 담아
한 명이 한쪽 발씩 두 발을 씻긴다
발을 씻기우는 사람 본 일도 들은 일도 없는데
예수님 제자 발 씻기듯
말렸는데 막무가내다

다음 날 아침

두 명의 당번병이 한 명은 치약과 칫솔을
또 한 명은 비누에 수건을 들고
따뜻한 물이 채워진 철모에 세수하란다
소대 인원은 42명인데 당번병은 두 명이다

새벽에 전투 훈련을 위해
전 소대원 상의 벗고 전투복 하의로
단독군장 집합시킨다
그 곳은 영하 20도 되는 추운 날씨가 보통이다
눈(雪)도 1m 내지 2m 쌓이는 예가 많다
눈 오면 제설작업에 바쁘다
막사의 지붕은 눈이 쌓이지 않도록 뾰족하게 되어 있다
비상식량은 3개월분이 항상 확보되어 있다

집합된 인원은 20명뿐이다
전원이 같은 복장으로 일시에 집합할 수 없단다
반(半)은 국산 전투복이고 반은 미제(美國製) 카키복
신발도 반은 국산(國産) 훈련화에 반은 발에 맞지도 않는 미제 워커
그나마 모두가 낡고 볼품없는 것
그런 보급품으로 전투를 했단다

소대원 42명 중 중학교 졸업 병사는 단 한 명뿐
군복무 3년 되는 그 사병은 기재계라 칭하는 매우 똑똑한 행정병이다
나머지 반은 초등학교 졸업이고 반은 무학사(無學者)
무학자 병사는 휴가시 홀로 갈 수 없어 동반 병사가 따라야 한다

소대장 숙소는 한쪽 모퉁이에
모포로 방을 만들어 준다
병사들은 자기 지휘관인 소대장을
온몸 바쳐 모시는 모습이다

생사를 같이 해야 하는 한 몸 된 그들
참호(塹壕) 속의 전우애(戰友愛)
산정(山頂)의 전우애(戰友愛)

오십 성상(星霜)이 지난 지금
이름도 얼굴도 기억할 수 없는 그들을 잊을 수 없구나

*DMZ-GP근무에 관하여는 《백림 자전적 시집》(2010. 1. 11, 한누리미디어) 참조

속아리 · 6

저를 위해 무엇을 해 주었습니까? 아버지!
그래 미안하기 짝이 없구나
해 준 거 없어서 쾍쾍

배우게 하고, 짝 맺어 주고, 살아야 할 집
그것만으로
그 이상 무엇을 해 주어야 할지 몰랐고
또 할 수도 없었구나, 쾍쾍

정주영 개구리도 못 되었고
이병철 개구리도 못 되었고
신격호 개구리도 못 되었었으니
마음 깊이 아리고 쓰릴 수밖에
착실하게
스스로 사는 법을 터득할 줄 알았는데 쾍쾍

까마귀의 교훈
반포지효(反哺之孝)를 바라지는 않지만
마음만이라도 편하게 해 주고
걱정 없게 해 주면 얼마나 좋겠느냐
또 한 해가 가는데
제발― 쾍쾍

(2012. 11. 30)

충무공 후예들 _ 유선모

백령도 앞바다 충무공 후예들
천안함과 함께 깊은 바다 속에서
이 나라를 지켰다.

46명 해군 용사들의 부모 눈물
한국의 부모 형제들,
전우들이 흘리는 눈물이
넓은 바다로 흘러들었다.

병든 어머니 위해 해군에 입대한 아들
효성어린 마음으로
어머니의 약값, 50만원씩
매달 부었던 적금통장 붙들고
어머니는 피눈물 흘리며 통곡한다.

전사한 수병의 어머니의 외침
"뒤돌아보지 말고 좋은 곳으로 가거라"
마지막 가는 길 이 뜨거운 눈물

사랑의 선물이 되어
서해의 푸른 바다로 보내리라.

천안함의 영령들이시어
당신들의 임무는 끝났으나
그 숭고한 애국정신은
우리의 마음 속에 살아 숨쉴지니
대한민국의 해군은 영원하리라.

유선모
충북 청주 출신. 성균관대학교 대학원 문학박사. 경기대학교 인문대학장, 도서관장, 명예교수. 미국소설학회 초대회장.
활동 : 『문학과 의식』에서 신인상(시부문)으로 등단. 해외동포재단 자문위원. 세계한인작가연합 연구위원. 국제펜클럽 한국본부 회원. 송파시동인회 회원.
시집 : 《송파나루에서 남한산성까지》(동인시집).
저서 : 《한국계 미국작가론》(신아사), 《미국 소수민족 작가론》(경기대 출판부) 외 다수.
수상 : 전국 우수도서상(문화관광부)

똥섬에 갔지유 _ 리형

바닷물에 닦고 헹군 몸이라
'청산도' 라는 이름을 걸치기도 하지만
이름이 인물을 못 따라가는 섬도 숱한데
인물도 함자도 수수하게
바다가 배설한 세월처럼
정왕동 귀퉁이에 거시기처럼 붙어 있다
오랜 바람이 물기를 거두어 간 푸석한 얼굴
소금기 간간한 가슴 반쪽을 잃었지만
끝없는 바다와 곰삭은 갯벌
끝내 바다 한쪽을 놓지 않고 있다
한 시대가 불도저로 밀고 갈 때마다
땅의 기억들은 우수수 뽑혀 나가는데
작은 이름 하나 代를 물리는 족보
술이 솔솔 생각나는 저녁엔
여윈 네 손등에 손을 포개고
다 씹고 뱉어 버린 바다의
곰삭았던 과도를 건져 올린다

똥섬 · 2
― 노을

섬의 저녁은
바다와 하늘이 맞붙어서
화염에 휩싸이며 오고 있었다
어디서 오는지 알 수 없는 바람
불난 집에
물을 떠난 적 없는 섬 하나도
꼼짝없이 붙들리고 만다
섬에 갇힌 神마저도
지금은 속수무책이라서
함께 불 타오른다

리형
충북 괴산 출생, 송파 거주. 『조선문학』 '시'로 등단. 한국문인협회 회원. 한국시인협회 회원. 한국사협 회원. 리형 사진개인전 2회. 헌혈 230회, 마라톤 86회. 시집 《빛이 쌓이는 포구》 외 동인 시집 다수.

야망(野望) _ 이길호

며칠 벼르고 날 잡아서
독도 섬 번쩍 들어
집 옆에 옮겨 놓고

서해바다 줄기 틀어
앞뜰로 끌어오고

수평선 넓은 곳에
고기잡이배를 띄우면
그물망이 쩍 입맛을 다실 텐데

남쪽 섬나라 쪽발이들
독도 섬 없어졌다고
눈 후딱 뒤집고
거품 물겠다 까물치겠다

이길호
1945년 수원 출생. 1964년 개인시화전 개최. 제3회 한성백일장 동상 수상. 송파시문학 동인회
회원. 지필12 신춘문예대상 수상. 제4회 한성백일장 은상 수상. 지필문학상 대상 수상. 대한문예
신문 신춘문예 당선. 시집 《누구의 몸부림인가》 외 다수.

못의 지대 _ 이영숙

가구들이 편안해지자
새로 바른 매화벽지도 사방으로 팽팽히 당겨졌다
이제 못만 박으면 이사는
완료되는 것이다

여자는 거울과 액자 두 개
아코디언처럼 접혀지는 옷걸이를 벽에 대보곤 볼펜으로
점을 찍는다 본능적으로
점은 못대가리를 닮았다

공기방울처럼 대가리를 치켜드는 못은
구부러지고 튀어 달아나기까지 한다
벌써 몇 개쨌지 여자는
으르렁거려지는 손으로 관자놀이를 꾹꾹 누른다
불이 팍팍 꺼진다 못의 지대는
방전된다 돌이켜보면
저절로 길이 열리고
부드럽게 스며들어 상처 하나 없이 아무는 생을 여자는

살아왔던 것이다

나는 물때 낀 작은 연못
나는 갈비뼈 일렁이는 물풀
나는 잉어새끼 아무 데나 입을 대보는
나는 물

거꾸로 쏟아져 드는 오후의
수선화 나는
물살에 밀리는 꽃 그림자 나는
깊숙이 가라앉는 꿈
나는 꽃

고개를 들며 여자는
못대가리로는 가릴 수 없이 난자당한 자신의 구멍을
일평생 처음으로 보게 되었다

이영숙
1991년 『문학예술』 신인상. 시집 《시와 호박씨》 등. 송파문화원, 중앙대 강사.

詩人 略歷

백림—본명 백동림(白東林)

▶ 학력

육군사관학교(15기). 육군대학. 美 육군군사정보학교. 육군범
죄연구소 거짓말 탐지기과정 수료. 연세대학교 행정대학원(행
정학 석사). 연세대학교 행정대학원 고위경영자과정 수료. 건
국대학교 대학원(행정학 박사). 건국대학교 정치대학 강사. 경
기대학교, 서울시립대학 초빙강사.

▶ 군경력

12사단—소대장, 중대장, 대대 작전장교. 국군보안사령부 수
사계장, 수사과장, 조사과장, 감사과장. 사단, 군단, 경남, 부산
지구 보안부대장. 계엄사령부 수사 1국장. 대령 전역. 월남(越
南) 참전(參戰).

▶ 민간경력

한국관광공사 이사, 기획관리본부장. 경제기획원 제7차 경제
사회발전 5개년계획 기획위원. 군납수출조합 상근 부이사장.
대경통운, 천양운수 대표이사 회장. 우경물산 회장.

▶ 사회활동

한국국민의식연구소 소장. 바르게살기운동 서울특별시협의회
부회장. 서울시민신문 명예논설위원. 자랑스러운 서울시민상
심사위원.

▶ 저서
　자전적 수사실화《멍청한 군상들》(1997, 답게)
　자전적 시집《기적이 흐르는 삶》(2010, 한누리미디어)
　시인(詩人) 등단(登壇)－『지구문학』(2009, 가을) 신인상
　동인회 시집 연재(매년 1회씩 6회)

▶ 수상
　무공훈장－화랑훈장
　보국훈장－천수장(1973), 삼일장(1971), 광복장(1967)
　대통령표창－4회(1967, 1976, 1981, 2009)
　국가유공자(상이 6급 2호)
　병무이행명문가 선정(대통령표창, 2009년)
　시 신인상 수상－지구문학
　제4회 백제문화제 금상 수상(시부문)

백림 제2시집

석양의 향기

•

지은이 / 백동림
펴낸이 / 김재엽
펴낸곳 / **한누리미디어**
디자인 / 지선숙

•

121-840, 서울시 마포구 서교동 395-13 서원빌딩 2층
전화 / (02)379-4514, 379-4519
Fax / (02)379-4516
E-mail/hannury2003@hanmail.net

•

신고번호 / 제300-2006-61호
등록일 / 1993. 11. 4

초판발행일 / 2013년 9월 5일

ⓒ 2013 백림 Printed in KOREA

•

값 10,000원

•

※잘못된 책은 바꿔드립니다.

•

ISBN 978-89-7969-457-4   03810